입술의 문자

입술의 문자

한세정 시집

민음의 시 193

민음사

自序

나의 손가락이 닿을 수 있는 곳과
닿을 수 없는 곳
당신의 눈에 담을 수 있는 것과
담을 수 없는 것

그리고 여기
당신과 나의 행간(行間)을
채울 입술들

2013년 5월
한세정

차 례

2부

3부

4부

1부

장미의 진화

붉은 주먹을 내밀며
넝쿨은 전진한다

꽃잎 속에 꽃잎이 쌓이며
최초의 꽃이 완성되었듯이
우리로부터 진화하기 위하여
우리는 부둥켜안고
심장을 향해 탄환을

최초의 연인이 그러했듯이
최초의 적이 그러했듯이
입술을 물어뜯으며
장미가 피어났듯이

입술의 문자

입술의 주름으로
결별한 이름을 기록하는 시간

산발한 걸인이 되어
우리는 머리칼이 끌고 가는 바람의 문자를 해독했던 것
이다

살갗과 살갗이 스쳐 만든 인장(印章)은 문자가 없는 페이
지에서 더욱 선명해지고

마침내 바닥에 목을 누인
기린의 긴 혀처럼
우리는 서로의 경전을 천천히 쓸어내렸던 것이다

두드려도 깨지지 않는 수면에 얼굴을 묻고
입술이 뿔나팔이 될 때까지
머나먼 이름을 향해 입술을 움직일 때

물살을 문 입가에 되돌아와 겹쳐지는

우리는 소리의 흔적이거나 철로에 묶인 쇠사슬이다

몸 밖의 호흡을 듣기 위해
아이들은 철로를 두드리며 자라나고
등 뒤의 그림자가 윤곽을 삼킬 때
태양은 당신을 향해 기운다

당신은 뜨겁게 달아오른 철로에 귀를 대고
기차를 기다리는 중이다
소실점에서 당신에게로 기차가 달리는 순간
구름은 반대 방향으로 흐르고
붉게 물든 모든 것은 귓바퀴 속으로 돌진한다

발이 닿지 않는 의자에 앉아
아이가 부드러운 페달을 구를 때
달리는 풍경을 겨냥한 나의 두 팔은
얼마나 견고한 허공을 밀어내고 있는가

한낮의 열기 속, 지상의 소리가 모두 휘발되고
일순간에 몰려드는 먹구름처럼

입술의 무늬

우리는 각자의 입술을 만지며 붉게 물들었던 것이다

그리하여 당신과 나는

어쩌면 우리는 지구 반대편에서 서로의 흉곽을 읽어 내
는 가로수였는지도 모른다

궤도를 벗어난 행성이 지구 바깥쪽으로 사라지는 순간
내 손 안에 장전된 탄환이 당신의 권총에서 발사되고
태양은 당신의 머리 위에서 명멸할 것이다
그때 내 눈에는
난간에 서 있는 눈먼 자의 눈동자가 스칠지도 모른다

당신의 그림자를 관통하지 못하는 지구 반대편 태양 아
래서
당신은 서서히 당신의 손그늘 속으로 사라지고

나는 여기에서, 바닥과 밀착되어 가는 고양이의 호박색
눈동자를 들여다보는 것이다

그리하여 다른 위도와 경도에서 우리가 던진 부메랑이
되돌아오는 시간
태양은 다른 각도로 부메랑의 날을 재단할 것이다

한입의 사과

뢴트겐 씨가 나를 들여다본다 수직의 빛에 대해 나는
함구한다 몸을 횡단하는 빛 혹은 목울대에 울컥이는 한입
의 사과, 한입의 사과는 나를 관통하는 힘, 나는 몸 밖으
로 빗살을 뻗는다 내 흉곽엔 낯선 가지들이 즐비하다

좀 더 긴 울음을 준비해야 할 것이다 명징한 아침은 쉽
게 오지 않는다 목울대의 사과는 내 것이 아니므로 더 깊
숙이 감추기를, 이탈하지 못하도록 입술을 봉인하기를, 사
과로서 사과는 온전히 사과이기 위해 몇 개의 입술과 만나
문드러지고 우리는 어떤 표정으로 붉어질 것인가

두 팔을 벌리고 나무의 자세를 익힌다 흉곽에서 등뼈까
지 대답은 준비되지 않는다 한입의 사과만이 내벽(內壁)의
울대를 기억할 뿐

이 순간을 위해 우리는 깊이 가라앉는 것이다

숨을 고르며 한쪽으로 고이는 피의 무게를 느낀다
몸 밖의 호흡이 우리를 관통한다

열매의 탄생

찰싹찰싹 따귀를 때리며
우리는 서로의 얼굴을 지운다
그때마다 꽃이 지고
열매가 맺히고
낙과(落果)처럼 얼굴이 문드러지겠지만

우리는 얼얼해진 뺨을 감싸고
다정하게 얼굴을 어루만진다
손바닥에 손바닥을 포갤 때
뺨에 새겨진 손바닥은
무르익어 가겠지만

눈과 코와 입술을
손바닥 안으로 집어넣는다
찰싹찰싹 따귀를 맞으며
버려지기 위해 필사적으로 차오르는
눈코 없는 열매들처럼

질주의 탄생

혈관의 뿌리로부터
나는 도주하고 있다
심장에서 피가 범람할 때마다
계기판 바늘이 회전하고
거리의 군상(群像)은 같은 자세로
침묵의 열도를 견딘다
나는 지구의 자전에 대해
말하려는 것이 아니다
망각의 속도는
중력의 자장과 무관하므로
속도의 법칙 속에서
절망의 질량은 무한하므로,

눈 깜박할 사이 시야를 벗어난 바퀴 뒤에서
사라져 가는 바퀴살을 헤아렸을
달리는 자의 적막한 눈으로
나는 터널의 시간을
관통하고 있다

덩굴의 구조

괴물의 거대한 혀가 내 몸을 감싸는 건
절체절명(絶體絶命)의 순간이 아니다
나를 지탱한 것은 언제나
나에 대한 나의 지배이거나
나와 무관하게 뻗어 가는 시간의 줄기

아이가 주먹을 깨물며
울음을 배우는 동안
입에 물린 재갈의 힘으로 말굽은 닳고
관절의 회랑(回廊)은 견고해진다

짐승의 유연한 꼬리가
지붕과 지붕 사이를 횡단한다
저 검은 꼬리가 끌고 가는 침묵,
나를 향한 나의 손가락이거나 몸 밖의 덩굴들
안에서 밖으로 질주하려는
다 자란 손가락들

뜨거운 추상

마주보는 순간
두 눈은 웅덩이가 된다

나는 단 한 번의 밀착으로 발화되는 자,
수면의 무늬를 읽는 물결의 비늘이다

죽은 개의 주둥이가
얼음장 사이에서 컹컹거리는 순간
방향을 잃은 새 떼들이
나의 눈동자로 떨어지고
당신을 가늠하는
내 손은 이제 무덤이다

그러므로 내가 보는 것이
당신이 보는 전부이다
나는 눈 감은 채
당신을 목도하는 눈먼 자의 지문이다

내 손 안의 권총

귓속을 채우는 소리를 제거하라
나의 관자놀이는 나만의 것이므로
내 손 안의 권총은
몸 밖으로 열린 두 개의 귀를 관통할 것이다
총성은 유리 벽을 뚫고
네 시의 거리를 향해 울려 퍼질 것이다

탄환이 일직선으로 날아가는 거리
당신의 뒤통수가 달아오르고
전신주는 수직으로 몸을 뻗는다
나의 목표는 관자놀이를 분쇄하는 것
과녁을 꿰뚫는 건 손을 가진 자의 자유이므로

망막을 찢고 들어오는 눈동자들을 몰아내라
내 손 안의 권총은
몸 밖으로 열린 귀를 사수하고 있으므로
권총에 대해 나는 여전히 승자이므로
당신의 관자놀이는
나의 과녁과 무관하므로,

태양의 과녁

1

단 하나의 과녁을 위하여
새의 부리는 제 몸을 향해 자란다

2

나는 예고되지 않는 끝을 보기 위해
눈이 먼 사람의 눈동자를 기억한다

구름의 그림자가 눈동자를 덮을 때마다
내 몸에서 융기하는 산맥이 지평선 밖으로 윤곽을 뻗는다
바람의 파문(波紋)을 따라 빙산이 결빙되고
나의 윤곽은 구름을 관통한다

하여, 나는 태양의 빛줄기를 수혈하는 자
온몸에 새겨지는 모반(母斑)의 무늬
그러므로 나는 오직 흔적으로만 기억되는 자

3

나에게는 아직 지워지지 않은

태양의 흔적이 남아 있다

나의 눈은 지금 흑점이다

피카소의 연인들

당신의 눈동자가 지워지고 있다 내 오른손이 당신을 향할 때 눈동자에서 피어나는 꽃잎

당신의 발이 놓였던 길목마다 그늘이 놓였다가 사라지고 꽃잎이 부유하는 순간

고개 숙인 발밑에 작은 우물이 생긴다 우물 위로 쏟아지는 당신의 눈빛 그리고 잠시 머리 위에 머무는 구름

당신과 나의 관자놀이를 겨눈 방아쇠, 수천의 꽃잎이 제목을 꺾으며 낙하한다 흩날리는 꽃잎 사이 몸을 숨긴 피카소가 어린 애인의 초상을 그리고 있다

태양의 연인들

우리는 지평선 위를 달린다
굽은 능선을 따라 어깨는 왼쪽이나
오른쪽으로 기울어진다

돌진하는 풍경이 귓가를 스치며 휘발된다
지평선과 지평선을 이으며
우리는 전진한다
태양의 그림자는 길어진다

허물어지는 담벽을
온몸으로 감싸 안은 담쟁이처럼
어깨에 어깨를 기댄 채
심장의 북소리를 듣는다

가로수의 가지들이
태양을 향해 손을 뻗는다
최초의 심장 앞으로
좌표 밖의 길들이 놓인다

2부

흰얼굴꼬리원숭이

빽빽한 수풀 사이로
흰얼굴꼬리원숭이의
까만 눈동자가 빛난다

어디든 첨벙첨벙 뛰어들 수 있겠구나
붉은 잇몸을 다 드러내고도
입을 다물지 못하는구나

늘어진 나무줄기를 향해
흰얼굴꼬리원숭이의 팔이
우아하게 뻗어 나간다
당신을 움켜쥘 수 있는
긴 팔이 내게도 있었더라면

얼굴을 하얗게 칠하고
옥수수알처럼 가지런히 박힌 이빨을
당신에게 내민다

붉은 잇몸을 두드리며
적막한 우기가 지나간다

어둠과 어둠

어둠의 입술을 물고
우리는 어둠에게 젖을 주고
치렁치렁한 머리칼을 드리운다

눈을 감고 무릎을 꿇을 때
명징해지는 얼굴의 능선들
몸을 감싸는 어둠의 따스함
어둠의 참혹함

무채색 바닥에
무릎의 무늬가 스밀 때까지
우리는 제대에 놓인 제수(祭需)였다가
흘레붙은 연인이었다가

우리는 흩어지는 모래 알갱이
캄캄한 오두막에서
두 손 모으고 부르는
흑인의 영가

동굴에 숨어
커다란 눈망울을 굴리는
검은 짐승들

얼굴 속에 얼굴을 묻고
여기,
어둠과 어둠

수프를 젓는 사람

나는 당근과 감자를 삶는 사람
냄비 손잡이를 쥐고
바닥에서부터 치밀어 오르는
물방울의 수를 헤아리는 사람

부글거리는 냄비 안에서
감자와 당근이 뭉개질 때
식도를 타고 뜨거운 수프가 흘러내린다

그런 날엔
빈 접시에 코를 박고
입김을 불었겠지만

오늘 나는 다만
수프를 끓이는 사람
싹이 난 감자를 도려내고
당근에 묻은 흙을 씻는 사람

국자를 냄비에 빠뜨린 채

으깨질 어떤 얼굴을
말없이 들여다보는 사람

스노쿨링

이곳의 수면은 쓸쓸해서
우리는 우스꽝스런 안경을 쓰고
물방울을 뻐끔거린다
망가진 호루라기를 물고
두 팔을 바둥거리며

물고기가 된다는 건
마주 볼 수 없는
눈동자를 갖는다는 것
지우면서 지나가는
물길을 갖는다는 것

공갈젖꼭지를 문 채
까르르 웃는 아기처럼
우리는 발장구를 치며
물속으로 손을 뻗는다

손아귀를 빠져나가는
부드러운 지느러미들

쪼글쪼글한 손가락 사이
방울방울 사라지는 물방울들

감을 수 없는 눈동자를
그렁한 물속에 담그고
당신에게 하고픈 말을 가글거린다
물고기의 입에 대해 생각한다

물고기의 노래

지금 내 몸을 흔드는 것이
네가 지나간 여정이라면
나는 기꺼이 이곳에서 길을 잃을 텐데
눈빛으로만 부를 수 있는 노래를 불러 줄 텐데
수초처럼 긴 머리칼을 풀어헤치고
후렴구처럼 오래오래
네 귀를 쓰다듬어 줄 텐데

물살을 끌어안으며
투명한 동굴 속으로 들어간다
물고기의 노래를 듣는다

손뼉을 치는 동안

나는 당신의 침묵을 이해하고
벽에 걸린 액자처럼
고요해진다

귀를 쫑긋거리며
풀을 뜯는 초식동물들
보이지 않게 납작해져 가는
당신과 나의 어금니

손뼉을 치며
부르던 노래는 끝이 나고
부드러운 입술에 싸인
송곳니가 날카롭게 빛난다

완벽하게 포갤 수 없는
손바닥에 대해 생각한다
만우절처럼 달콤한 사탕을 물고
닳지 않는 손뼉을 치며

직선의 세계

쏠어내릴 때 완성되는 물결의 무늬처럼
사라지는 순간 우리는 형체를 지닌다

우리는 등진 채 서로 다른 끝을 향한다
서로의 얼굴이 시야에서 사라질 때
허공을 문 이빨은 더욱 날카로워질 것이다

움켜쥘 수 없는 심장 앞에서
우리의 목구멍은 뜨거워진다
최초로 사물을 응시하는 사람처럼
약시(弱視)의 눈으로 전진한다

다른 방향으로 길어지는 그림자는
보이지 않는 것들에게 머리채가 잡힐 것이다
우리의 목은 얼마나 더 부드러워지고
등 뒤의 얼굴은 선명해질 것인가

네 눈이 훑고 간 사물의 온기를 어루만진다
더운 짐승처럼 마른 혀를 내민다

미로의 방식

나는 말하고 싶었던 것이다
네가 모은 미간의 힘으로
덜미가 잡힌 뒤통수에 대해
호두알의 주름에 대해

참수되지 못한 머리를 흔들며
우리는 눈꺼풀을 닫는 자,
빈 가지 사이 형체를 드러내는 허공처럼
암흑의 동굴 속에서
동공의 궤적은 깊어질 것이다

지하 감옥에서 시력을 잃어 가는
죄수의 눈을 나누어 갖자
지문이 모든 사물의 무늬가 될 때까지
더디고 느린 손 그림을 그리자

너의 눈이 닿는 가장 먼 곳에
내 눈동자의 자리가 생긴다

감은 눈의 실금 안에서
다다를 수 없는 길들이 번진다

밴 디먼의 땅*

우리는 행선지를 지우고
각자의 안부를 준비한다

검은 점이 허공에 퍼질 때까지
주사위를 던지고
부딪히고 넘어지고
무너지면서
서로의 이름을 잊어버리고
멀어지는 뒤통수를 향해 손을 흔든다

그러나 낯선 침낭 속에서
우리 귀는 다른 심장 쪽으로 기울어지고
등 뒤에 펼쳐진 발자국들은
귓속으로 되돌아오는 것이다

심장으로부터 시작된 길들이
다시 도열하지 못하도록
단단히 가슴을 움켜쥔다

* Van Dieman's lands, 호주에 있는 섬 테즈메니아의 옛 이름으로 흔히 아주
  먼 어느 곳을 지칭할 때 쓰는 말.

우리는 가로수처럼

귀로의 끝은 그러했을 것
우리는 팔을 늘어뜨리고
누군가 머물렀던 담을
쓰다듬고 있었을 것
그늘의 윤곽은
지문으로 깊어지고
입술을 지운 채
기둥이 되었을 것
가지를 등진 잎새들이
발등 위에 쌓여 갈 때
석양의 반대편으로
우리는 고개를 떨궜던 것

머리를 풀어헤친 버드나무처럼
우리가 드리운 그늘 속에서
우리는 결국 갇혔던 것

삐루엣*

당신은 삐루엣을 돈다
당신의 발끝에서
작은 원이 그려진다
한순간의 발끝으로
당신은 나를 감싼다
당신의 원 안에서
마주 본 두 눈이 반짝거린다
당신과 나의 눈 속엔
같은 눈동자를 가진
당신과 내가
삐루엣을 돌고 있다
눈동자 속에
눈동자를 새긴다

* pirouette, 발레에서 한 발을 축으로 팽이처럼 도는 동작.

당신의 왼쪽

그림자가 깊어진다
길은 외로워서 왼쪽으로 굽고
오른손을 들어 당신은
머리칼에 쏟아지는 햇살을 쓸어 넘긴다
손가락 사이로 빠져나가는 바람 사이
섬세하고 가는 소리로
낙엽이 쌓여 간다
발등 위의 낙엽은
당신의 것이 아닌데
그늘은 몸 위에 드리워진다
잎새의 무성한 지문이
당신을 어루만지는 오후
바닥에 고인 그림자가 붉어진다

돌의 가족

무너져 내린 산등성이에
어깨를 눕히고
사라져 가는 윤곽을 더듬어 본다

언젠가는 우리도
등 돌리고 모로 누운
돌덩이를 닮아 갈 것이다

깨져 가는 입술 안에서
부드러운 혀가 모래알처럼
버적거릴 것이다

등뼈를 쏟아내리던 눈동자만이
온기를 기억할 것이다

우리를 닮아 갈 벌거숭이를
차가워진 등에 얹는다
돌의 울음소리를 듣는다

0시의 크로키

당신은 몇 장의 크로키
선마다 새겨지는
당신의 습관이나 기억
손끝에서 움직이는
나와 당신이 만드는 한순간의 실루엣

열린 문과 닫힌 문
사각사각 지워지는 당신과 나의 관자놀이

3부

혈육의 궤도

기어이 되돌아오는
스프링의 탄성을 믿으며
우리는 기꺼이 앉은뱅이가 되었다

언제나 멀리 달아나는 것들만 그리워졌다
아빠의 반질한 구두코
사라진 앞니

매일 엄마의 얼굴로
인형의 눈을 그려 주고
해가 저물도록 배를 쓸어 주었다

저벅저벅 문고리를 틀고
괴물이 찾아올 것이다
겁에 질린 공주의 눈망울을 닮기 위해
언니와 나는 눈을 질끈 감았다

눈을 뜨면
황금마차가 문 앞에 서 있기를

마법이 풀린 왕자가 우릴 단번에 알아보기를
캄캄한 이불 속에서 깍지 낀 손가락을 파닥거렸다

그림책 같은 풍경 속으로
언니가 탄 비행기가 날아갔다
파란 눈의 형부와 언니가 낳은
조카의 눈동자와 머리칼이 새까맸다

일곱 살 난 조카의 앞니가 빠졌다
팔꿈치와 무릎에 쌓여 가는 등고선이
단단한 화석이 될 때까지
아무도 이탈하지 말 것

누군가의 몸을 데운 피가
내 몸을 지나고 있다
걷는 법을 잊어버린 사람처럼
손끝에 힘을 모은다

쌍둥이자리

여긴 낯선 말로 생각하는 곳이야 사람들은 다른 말로 인사를 건네고 노래를 부르지 입술의 악보를 따라 구름이 흐르고 떠나는 버스를 향해 아이들은 손을 흔들지 그런 날엔 내 입술은 토끼처럼 실룩거릴 테지만

한때 우린 같은 투망에 걸린 물고기였던 걸까 숨을 쉴 때마다 비늘의 무늬를 나누어 갖네 빈 젖을 쓸어내리며 멀리서 엄마가 이름을 부를 때 다른 거리에서도 우리 얼굴은 닮아 가지 손바닥의 금들은 아무것도 나누지 못할 거야

거리를 지나가는 장례 행렬이 보여 침묵이 이끄는 오 분간의 이동, 행인은 걸음을 멈추고 성호경을 긋지 세상의 어떤 필체는 다시 쓰이지 않겠지 내가 보낸 엽서가 대륙의 반대편에서 되돌아올 때 우리 입술은 다른 연인의 입술에 포개어지고 세상은 잠시 기울어지지 안녕, 오늘은 누군가 낯선 목소리로 내 이름을 부르는 날이야

메리고라운드

호루라기 소리에
아이들이 출발선을 벗어난다
몸속의 피가 왼쪽에서
오른쪽으로 이동한다
여러 계절을 견딘 나무가
손목 밖으로 가지를 뻗는다

만삭의 바구니를 향해
콩주머니를 던지는 아이들
말라 버린 눈알들이
주머니 안에서 굴러다니는 오후
가령 이것은 링가링가링
어깨춤을 추던 계집애들이
운동장을 돌 때마다 한 뼘씩 자라나
콩깍지에 아기를 낳는 이야기
꼬물거리는 아기들이 넝쿨을 타고
하늘로 사라지는 이야기

동심원에 갇힌

아이들의 끝이 보이지 않는 달리기
둥글게 둥글게 손뼉을 치며
그림자가 길어질
뱀의 긴 꼬리들

여름이라는 골목

너무 많은 이름과 소문이 골목을 돌아다녔다 연속극에
집착하는 것은 누구의 탓도 아니었다 그건 일종의 습관일
뿐 날마다 길들은 좁아졌고 깨진 병 조각들은 담 위에서 반
짝거렸다 덜 여문 사과를 우적거리며 청년들은 주머니칼로
턱부리를 쓸었다 끈끈한 사과즙이 묻어나는 칼날 아래서,

온몸이 익을 것 같은 열기가 골목을 가득 메웠다 골목
밖의 모든 여름이 몰려 오고 있었다 꽃무늬 나일론 치마가
처녀들의 다리 사이에 들러붙었다 우리들은 뭉개지는 꽃잎
들을 오래도록 바라보았다 티비에선 연속극이 한창이었다
한 여자가 옥상에서 몸을 던졌다 너무나도 뻔한 이야기에
모두들 땀을 흘렸다

덤보로부터 덤보에게

난 또 다른 무게에 대해 생각 중이야 엄마, 오래전 엄마의 겨드랑이에 얼굴을 묻고 잠이 든 적이 있어 겨드랑이는 어둡고 좁았지만 내겐 늪처럼 아늑했어

매일 밤 눈을 감으면 코끼리가 하늘을 날아다녔지 커다란 귀가 펄럭일 때마다 아이들은 발을 구르며 함성을 질렀어 최고의 비행사 우리의 덤보, 하지만 엄마, 하늘을 나는 덤보의 몸은 왠지 쓸쓸해 보였어 덤보는 바람에 쓸려 다니는 푸대 자루 같았거든 그런데 오래전 내가 놓친 풍선들은 지금 어디쯤에서 비행 중일까

지금 나는 발목이 드러나는 살구색 담요를 덮고 큼큼 엄마 냄새를 떠올리는 중이야 그리고 커다란 귀를 펄럭이는 덤보를 상상해 너무나도 가벼운 자세로 하늘을 날아다니는 거대한 푸대 자루와 그 가벼움이 주는 어색한 웃음에 대해, 엄마 어쩌면 난 매일 같은 꿈을 꾸기 위해 잠이 든 건지도 모르겠어 내가 덤보가 되는 꿈 그런데 엄마, 누가 우리 귀를 모두 잘라간 것일까

오빠의 기원

수줍게 웃어 보지 못한
커다란 입술에 대해
나는 말하지 않을 테다

볕이 들지 않던 방이 오빠의 무대였지 까치발을 들고 창틀에 매달려 창 너머 세상을 바라보았지 창문을 두드릴 때마다 유리창 실금이 번져 나가고 실금을 따라 우리가 손끝으로 그림을 그릴 때 환한 대낮에도 별자리는 기울어졌지 자도 자도 밤이 오고 별이 쏟아지고 눈 깜짝할 사이 머리칼이 듬성해지고 주름이 접히고 꼭 쥔 주먹 안에서 알약들이 뿌리 뻗어 나가고 내가 가지 못한 세계에서 오빠는 손을 흔드네

언제쯤 시작도 하지 못한 오빠의 연애담은 끝이 날까
한 번도 본 적 없는 애인은 흰 머리가 날까

오늘은 바람이 불어서 가슴이 설레고
햇살이 눈부셔서 언 발을 동동 구른다

이어지지 않는 평균대 위를 달리면서

오빠,

우리 그렇게 영원히 마주 보지 않는 거다

구름이 구름으로 태양이 태양으로

벽지에 줄기를 뻗은 모란이
집 안을 둘러싸는 여름
실내화 주머니를 흔들며 언니가 걸어오네
경쾌한 발소리를 따라
헤진 가방 속에서
터진 우유갑이 달그락거리네
비릿한 냄새가 등 뒤를 감싸는 한낮

끈적이는 머리칼을 쓸어 넘기며
굳게 닫힌 대문이 다시 열릴 때까지
더딘 숨으로 종이배를 접네
햇빛 찰랑거리는 대야에 띄워 놓고
가만히 입김을 불어 보네
구름이 구름으로
태양이 태양으로 자라는 시간

마주 댄 두 뺨에 서로의 얼굴이 묻어날 때까지
한여름 내내 언니 가방 속에서
산수책이랑 공책이랑

사이좋게 다닥다닥 붙어 있었네
입가에 묻은 우유를 닦아 주며
구름 너머로 달려가던 날들

구루프의 인리

골목의 끝을 향해 아이들은 전속력으로 페달을 굴렸다 전신주를 타고 낯익은 이야기들이 이 집에서 저 집으로 전송되었다 브레멘의 음악대가 지나갔을까 엄마가 돌아오지 않아도 아이들은 좀처럼 울지 않았다

한낮에 나는 다 헤진 헝겊 인형, 얼마나 머리를 볶아야 엄마가 되는 걸까 대문 앞엔 여섯 살의 내가 녹은 아이스크림을 들고 울고 있다 아이스크림을 통째로 삼키면 멋진 똬리를 틀 수 있을지도 모른다 허물을 벗은 구렁이처럼

계절을 옮겨 다니며 아이들의 그림자는 길어지다가 짧아진다 식칼이 나무도마를 내리칠 때마다 육손이의 손가락은 감쪽같이 다섯 개가 되고 난쟁이들은 무거운 머리통을 갸우뚱거린다 마치 계절이 가면 꼬리를 물고 이어지는 다른 계절처럼, 엄마들의 머리칼에 맹렬히 말려 있는 색색의 구루프처럼

굿바이 걸즈

주머니쥐들이 치마 안에서 득실거려요 등 뒤엔 도통 자라지 않는 그림자들이 널려 있구요 매일 몸 밖으로 자라나는 머리카락은 담쟁이넝쿨처럼 뺨을 더듬거려요 오늘 아침은 어제 아침과 같지 않았지만 내일 아침이 어떨지는 아무도 대답해 주지 않아요 거봐요, 그건 우리 얼굴이 아니라구요 거울 앞에 마주 선 얼굴은 우리에게 너무 낯익잖아요

소리를 내서는 안 돼요 주머니쥐가 눈동자를 갉아먹을지도 몰라요 검은 구름은 벌써 하늘에 떠 있고 뒤뚱거리며 울타리를 뛰어넘는 양 떼들은 오늘 밤에도 우리를 찾아올 거예요 편편한 무덤이 들썩거려요 우리들의 발끝은 묘지와 맞닿아 있지요 날마다 무덤 속에서 아이가 태어나고 오늘과는 무관한 아침이 우리를 찾아올 거랍니다

모빌의 감정

순백의 면사포를 쓰고
나는 한 번도 본 적 없는
엄마의 연애를 생각해

닳고 닳은 얘기 속에서
매일 다른 얼굴로
애인은 출몰하지

애인의 손이 닿을 수 없는 곳에서
아기들은 몰래 태어나지
이빨도 없이
울음보를 터트리지

아기들은 울음으로 첫인사를 건네고
알 수 없는 말을 옹알거리네
애인처럼 눈을 맞추고
웃고 울다가
애인처럼 마침내,

챙그랑 챙그랑 모빌이 돌아가고
해와 달이 자리를 바꾼다
엄마, 하고 부르면
눈시울이 뜨거워지는
순백의 신부들과 함께

부메랑

푸가를 들으면 십 년 전의 거리를 지나갈 수 있을 거예요 앞니 빠진 아이는 휘파람을 불고 있어요 좌판에 일자로 늘어선 생선은 동그랗게 입을 벌리고 훅훅 내리쬐는 태양 옆으로 십 년 전의 구름이 흘러가요 휘파람을 부는 아이의 앞니는 오늘도 자라지 않아요

길 위의 아이들은 부메랑을 던져요 부메랑은 한 곳만을 겨냥하지요 과녁의 중심에서 회오리치는 얼굴들, 혹시 귀에 익은 휘파람 소리가 들리지 않던가요? 낯익은 길을 따라서 부메랑이 돌아오고 있어요 익숙한 속도와 방향, 아이들의 눈동자가 반짝거려요 세상은 때론 시시껄렁한 기억으로 채워지지요 우리들의 기억력은 쓰레기 하치장 같아요* 푸가 연주는 아직 끝나지 않았어요

* 보르헤스의 소설 「기억의 천재 푸네스」 중에서

양치하는 노파

태양이 맨질한 마당에
그림자를 널어놓는다
빛바랜 칫솔을 물고
노파는 주름진 입술을 오물거린다
거품을 문 입술은 지느러미보다 유연하다
칫솔이 움직일 때마다
헐렁한 소매 자락의 꽃들이 간들거린다
노파와 칫솔이 만드는 각도에 맞춰
마당 안의 사물들이 몸을 흔든다
마른 손등에 검버섯이 피어오르고
담 밑의 꽃봉오리가 조금씩 입을 벌린다
제 키를 훌쩍 넘는 그림자를 끌고
아이들이 달려 나간다
양은대야 가득 경쾌하게
구름이 흘러간다
오래전 지붕 위로 던진 치아들이
뭉게뭉게 떠 간다

4부

안부

　낡은 운동화를 모래 더미에 묻고 있는 오후, 안녕하세요 벤치에 놓인 스카프에 촘촘히 묶인 그러니까 손으로 쥘 수 없는 구름의 엽서

　이방인의 발이 머문 아름다운 이국의 묘비, 색 바랜 회전목마를 타고 같은 자리를 맴돌았을 발자국의 궤적들 그러니까 하품할 때마다 깊어지는 노인의 이마 주름 같은, 단정하게 나비넥타이 목에 달고 누워 있는 George Mcgrath (1870~1874) 안녕하세요 별사탕 같은 눈동자가 총총 박혔을 오래된 어린애, 귓불이 둥글었을지도 모르는 모래의 아이

로빈슨 그루소에게

비 오는 거리예요
저만큼 내려앉은 하늘을 봐요
멍징한 것은 모두 구름 위에 있어요
이곳의 풍경은 너무 낯익어서
사람들은 자주 길을 잃어버려요
단장을 쥔 노인의 등은 조금씩 기울어지고
엄마 손을 놓친 아이의 눈동자는
친구 몰래 주머니에 감췄던 유리구슬을 닮았어요
구름 속을 누군가 지나가고 있어요
여기예요,
여기까지가 나랍니다
창밖의 내가 나를 향해 손을 흔드는,
어쩌면 이곳은 지나치게 관대한 곳인지도 모르겠어요
고여 있는 빗물이
발자국을 지우고 있거든요
여전히 비 오는 거리예요
섬이에요
발자국의 시작이자 끝인,

안녕, 안나푸르나 혹은 안티푸라민

배웅은 필요 없어
다만 코끝을 마주 대고 어깨를 다독여 주면 돼
강렬한 태양 때문에 눈이 시릴 때도 있었지만
그렇다고 내가 장님이 된 것은 아니었으니까
내가 나를 떠난 건 아니었으니까

내가 아는 여자가 있었어
퍼렇게 멍이 든 눈가엔 안티푸라민이 번들거렸지
여자는 하루 종일 식당 뒷문에 쪼그리고 앉아 고등어를
구웠어
이런 일과들이 여자를 지나가곤 했어
달궈진 석쇠 위에서 고등어의 퍼런 껍질이 곪은 종기처
럼 부풀다가 터지고
여자는 말없이 눈가에 안티푸라민을 덧발랐지
울음의 무늬를 기억하는 굴곡을 어루만지며

가파른 산비탈마다 멍멍한 귓속을 채우는 나귀들의 방
울 소리와
몸을 움츠려야만 닿을 수 있는 협곡들

그러니까 배웅 따윈 필요없어

난 단지 내 안의 굴곡을 벗어나 안나푸르나에 가고 싶

을 뿐이야

아직도 눈가 가득 안티푸라민을 바르고 있을

몸 밖의 굴곡을 위해

풍선이 날아오르는 동안

텅 빈 시소가 문득 한쪽으로 기울어질 때
손에서 빠져나간 풍선은 하늘을 날아오르지

웅덩이에 고인 육중한 윤곽을 들여다보며
화면 속 코끼리가 마지막 눈꺼풀을 닫을 때
어린 코뿔소가 웅덩이를 빠져나온다
코뿔소의 뿔이 태양을 찌르는 사바나의 오후

키 작은 처녀가 퍼렇게 싹이 난 감자를 삶아 먹고
문고리에 줄을 묶고 생사(生死)의 거리를 가늠하는 동안
햇빛 무섭게 쏟아내는 파란 웅덩이 속으로
풍선은 깃털보다 가볍게 투신하지

초원을 달리던 얼룩말 떼가 감쪽같이 사라진 사바나
사자의 이글거리는 눈동자가 수풀 속으로 돌진한다
무거운 몸통을 힘껏 날려 허공의 점이 되는
사나운 것만이 지닐 수 있는 저 유연하고 가장 가벼운
자세,

사탕공장 언니들과 함께

언니들의 하루는 달콤한 사탕이지요
풀풀 날리는 사탕가루는
첫눈처럼 금세 사라지지요
색색의 가루들이 녹을 때마다
빈집을 지키는 아이들은
사탕을 문 채 잠이 들지요
지구는 공처럼 둥글다는데
그래서 언니들의 사탕도 둥글다는데
시곗바늘은 왜 같은 자리만 맴돌고 있나요
너무 빠르거나 가볍게 구름은 지나가고
다시 어린애가 된 노인들의 호주머니에는
쫀득한 사탕이 엉켜 있지요
알록달록 회오리 무늬가 몰고 가는
세상은 감미롭지요
사탕이 녹을 때마다
낯익은 얼굴과 이름이 휘발됩니다
아무도 없는 정류장
노인들은 사탕을 물고 방점처럼 앉아 있지요
뻐근한 하악골 가득 밀려오는 얼굴들을 떠올리지요

듬성한 이 사이에서 사라질 사탕을
천천히 음미하지요
바스락거리는 사탕 봉지마다
반짝이는 눈동자가 담기는
오늘 하루는 정말 달콤한 사탕입니다

얇은 종이 한 장

그는 바람에 날리는 중이었다
그가 필사적으로 쥔 지팡이는
땅 속 깊이 뿌리내리려는
고목에 가까웠다
장님쥐를 닮은 눈들이 그를 스쳤다
바람이 그를 지날 때마다
우리는 걸음을 재촉하거나
눈동자를 몸 안으로 삼켰다
움켜쥔 외투 자락은
언제나 안전하게 우리를 가둬 주었다
그때마다 몸 밖으로 머리칼이 마구 자라고
잘 벼린 칼날들이 주머니 속에서 번뜩거렸다
그의 앙상한 다리와
지팡이가 이루는 각도는 완벽했다

아이들의 종이비행기가
바람의 중심을 향해 일제히 돌진했다
그는 여전히 같은 자리에 서 있었다
얇은 종이 한 장이 펄럭거렸다

돼지들

내겐 몸을 움직일 공간이
필요했을 뿐이야
그러니까 똑같은 표정으로
나를 관망하지는 말 것
당신이 날 기억하지 못한 건
오늘 일기가 나빴기 때문이었어
당신의 눈동자에 내 몸이 갇힐 때면
나는 바닥에 배를 대고 오지 않는 잠을 청했어
그러니까 처음부터 내 몸을 채운 건
나를 바라보는 당신의 시선이었어
이젠 당신과 눈이 마주칠 때마다
리드미컬하게 꼬리를 움직일 거야
안녕, 기분 좋게 말린 나의 작은 꼬리
당신이 만든 한 권의 책
텅 빈 우리들의 주머니

얼려라 침깨

머리 위에서 쿵쿵대는 발소리를 사랑해
발자국이 가득한 머리를 이고
매일 다른 버스에 오르네
그러니까 오늘부터 난
얼굴도 모르는 발들의 엄마
물구나무를 선 발가락을 흠모하는 사냥꾼

한쪽 발을 우아하게 들고
황새의 자세가 될 것
배 속의 태아가 걷어차는 첫발처럼
모험의 출발은 무모로부터,
브레이크가 작동하지 않는다면
가슴은 더 이상 흔들리지 않는다

머리통 위의 세상이 궁금한 걸까
장대 신발을 신은 피에로는 휘청거리고
오리발 같은 손바닥 위에서
아기는 직립의 첫발을 딛는다
하낫 둘, 하낫 둘

브레이크를 밟을 때마다
달아오르는 주근깨

서커스

그의 몸집은 거대했지만 손놀림은 매우 재빨랐다 콧노래를 흥얼거리며 그는 넥타이로 올가미를 만들었다 얼룩덜룩한 뱀꼬리가 손끝에서 꿈틀거렸다 차선이 엉킨 차들이 경적을 울릴 때마다 아이들은 골목 밖으로 뛰쳐나갔다

그는 가볍게 몸을 날렸다, 그리고 무사히 공연을 마친 피에로처럼 누런 이를 드러내며 웃었다 떨리는 속눈썹 아래 햇살이 잘게 잘렸다 흔들리는 그림자 밑에서 갸르릉거리는 고양이 울음이 굴러다녔다 목에 묶인 매듭은 단정했다 모든 게 더할 나위 없이 완벽했다

낯익은 콧노래를 들으며 커튼이 내려지고 행인들은 무심하게 발걸음을 옮겼다 손에 잡힌 목덜미가 문득, 뻐근해지기도 했다

기타 치는 노인

나뭇가지에 달린 잎새는 그늘 끝에 놓인다
가지가 늘이는 그늘 아래
노인은 나직한 음색을 뱉는다

구름의 그림자를 본 적 있네
그림자가 무성한 곳에는 구름도 그림자를 갖네
당신은 그림자 속에 발목을 묻네

노인의 기타 소리가 그늘에 고인다
하류를 지난 물결이 엽맥 사이에 흐른다

울음의 자진(自盡)을 익히기 위해서는
그림자보다 낮게 엎드려야 하네
그림자 속 발목은 보이지 않네
당신의 눈동자는 유리알처럼 투명하네

두 눈을 감은 미간 사이
낡은 기타줄이 미세히 떨린다

구름의 그림자가 드리워지는 노인의 입술,

손끝 아래 기타줄은 마지막 음을 기억한다

그때 당신은 해를 끌고 지평선 밖으로

눈을 감을 때 당신의 거리는 완성되는 것이다

눈먼 악사의 손끝에서
연인의 주름진 입술이 지워지는 동안
바람의 방향을 거슬러 당신은 손차양을 만들고
당신의 외투에서는
이국의 바람이 불어오는 것이다

그때 거리는 서서히 가라앉는 배

날개 한끝을 제 안으로 꺾고
바람개비가 동심원을 그릴 때
떠나간 연인은 스스스 자기 몸을 어루만지며
똬리를 틀고 있을 것이다
더 깊은 하류를 향해 머리를 기울이고 있을 것이다

악사의 연주가 뒷목을 더듬는 저녁
문득 시야가 아득해지고
당신은 해를 끌고 지평선 밖으로

묵정(墨釘)*

눈동자를 멈추는 것
부드러운 혀를 잠시 접는 것
눈꺼풀을 닫고
나락이 될 때까지
무너지는 것
하여,
당신의 행간(行間)에 놓인
입술 없는 돌이 될 것

손끝에서 허물어지는 모래산들,
먼눈으로 모래의 서체를 헤아린다

* 책에서 글자가 없는 빈 공간이 검게 인쇄된 것을 이르는 말.

'당신'의 새로운 용법

고봉준(문학평론가)

1

한 권의 시집은 다공성(porosity)의 원리로 건축된 도시다. 이 도시에는 블록들 간의 명확한 경계가 없다. 하나의 사물 안으로 다른 사물이 침투하고, 안과 밖을 구별하는 것이 불가능한 도시. 이곳은 다수의 입구/출구로 이루어진 거대한 미로다. 그런데 그 입구/출구 들은 관광 지도에 인쇄된 길들처럼 선명하지도 고정적이지도 않다. 시집을 읽는 것은 이 미로(迷路)의 도시를 여행하는 일이다. 우리는 우선 입구/출구를 연결하는 적절한 동선을 찾아야 한다. 그런데 이 도시에서의 길 찾기는 우리에게 지성이 아니라 감성의 능력을 요구한다. 한세정의 시에서 '이미지'는 여행사에게 길의 방향을 알려 주는 유일한 표지판이다. 그녀의 도시에서 길을 잃지 않으려면 이미지라는 지도를 보는 법을 터득해야 할 것이다. 이 글은 그 입구(출구)들 가운데 몇 개의 문을 열고 들어섰을 때 우리가 만나게 되는 풍경들이다.

2

첫 번째 문을 열면 한 무리의 이미지들이 레테의 강을 건너온다. 이 이미지들은 시간의 결을 거슬러 현재로 난입하는 결별한 시간의 흔적이고, 애도되지 못한 상흔일 것이다. 과거와 현재가 삼투하는 시간의 문 안에선 오래된 풍경들이 펼쳐진다. 그 풍경의 한가운데에 한 소녀와 그녀의 가족들이 자리한다. 이 풍경에 '혈육의 궤도'라는 제목을 붙여 보자. 이 풍경 속에서 소녀는 "녹은 아이스크림을 들고 울고 있"(「구루프의 원리」)는 여섯 살이기도 하고, 항상 "스프링의 탄성"을 믿고 "멀리 달아나는 것들만 그리워"(「혈육의 궤도」)하는 유년의 아이이기도 하다. 아빠의 반질한 구두코와 사라진 앞니, 엄마의 얼굴로 인형의 눈을 그리는 소녀, 벌컥 문을 열고 들어올지도 모르는 괴물이 두려워 눈을 감아야 했던 언니와 나, 마법이 풀린 왕자와 황금마차가 등장하는 동화의 세계. 그러나 때로는 "볕이 들지 않던

방"에서 오빠가 "꼭 쥔 주먹 안에"(「오빠의 기원」) 알약들
을 간직하고 있고, 한여름 내내 언니와 함께 "굳게 닫힌 대
문이 다시 열릴 때까지/ 더딘 숨으로 종이배를 접"(「구름이
구름으로 태양이 태양으로」)으며 시간을 견뎌야 했던 아름
답지만은 않았던 세계. 사라진 세계에 대한 그리움과 두려
운 세계에 대한 불길한 친밀함 사이를 왕복하는 '모빌의 감
정'으로만 기억할 수 있는 세계. 그리하여 그 시절의 소녀에
게 '쿨'하게 '굿바이 걸즈'라고 작별 인사를 건네면서도, 푸
가를 듣고, 거리에서 부메랑을 던지는 아이들을 볼 때마다
"십 년 전의 거리"(「부메랑」)로 되돌아가 휘파람을 불고 있
는 "앞니 빠진 아이"와 조우하게 되는 과거 — 시간에 대한
감정의 착란들.

　　난 또 다른 무게에 대해 생각 중이야 엄마, 오래전 엄마의
　겨드랑이에 얼굴을 묻고 잠이 든 적이 있어 겨드랑이는 어둡
　고 좁았지만 내겐 늪처럼 아늑했어

　　매일 밤 눈을 감으면 코끼리가 하늘을 날아다녔지 커다란
　귀가 펄럭일 때마다 아이들은 발을 구르며 함성을 질렀어 최
　고의 비행사 우리의 덤보, 하지만 엄마, 하늘을 나는 덤보의
　몸은 왠지 쓸쓸해 보였어 덤보는 바람에 쓸려 다니는 푸대
　자루 같았거든 그런데 오래전 내가 놓친 풍선들은 지금 어디
　쯤에서 비행 중일까

시금 나는 밀똑이 드러니는 산구색 달요륵 덮고 큼큼 엄
마 냄새를 떠올리는 중이야 그리고 커다란 귀를 펄럭이는 덤
보를 상상해 너무나도 가벼운 자세로 하늘을 날아다니는 커
다란 푸대 자루와 그 가벼움이 주는 어색한 웃음에 대해, 엄
마 어쩌면 난 매일 같은 꿈을 꾸기 위해 잠이 든 건지도 모
르겠어 내가 덤보가 되는 꿈 그런데 엄마, 누가 우리 귀를 모
두 잘라간 것일까

—「덤보로부터 덤보에게」

하지만 이 감정의 착란들이 영원한 평행선을 그리는 것
은 아니다. 한세정의 시에서 과거, 즉 유년의 세계에 대한
감정의 벡터(vector)는 두려움보다는 그리움의 방향으로 흐
른다. 그녀의 시에 반복적으로 등장하는 원형(圓形) 이미지
들, 가령 구루프(헤어롤), 부메랑, 메리고라운드(회전목마)
등은 오래된 시간 방향으로 구부러진 욕망의 그래프 — 이
미지들이다.「덤보로부터 덤보에게」에 등장하는 코끼리 '덤
보' 역시 시간의 결을 거스르는 무중력의 상징이다. 화자는
지금 오래전에 얼굴을 묻고 안온한 잠을 청했던 엄마의 겨
드랑이, 어둡고 좁았지만 늪처럼 아늑했던 세계를 향해 자
신의 리비도를 투사하고 있다. "지금 나는 발목이 드러나
는 살구색 담요를 덮고 큼큼 엄마 냄새를 떠올리는 중이
야"(「덤보로부터 덤보에게」). 그 시절 '나'는 밤마다 아기 코
끼리 덤보를 타고 하늘을 날아다녔다. 그러나 '그곳'이 아

닌 '이곳('지금')'에서 생각해 보니 덤보는 중력을 이기고 하늘을 나는 존재가 아니라 "바람에 쓸려 다니는 푸대 자루" 같다. 기억 속의 덤보는 귀가 잘렸기 때문이다. 한세정의 시편들을 관통하는 그리움의 정서는 바로 이 상실, 그리워할 수는 있으나 되돌아갈 수는 없는 세계와 '지금'의 낙차에서 비롯된다. 그렇다면 시인이 현존하는 지금 ― 이곳은 어떤 모습일까? 단적으로 그곳은 "시시껄렁한 기억으로 채워"(「부메랑」)진 "쓰레기 하치장"의 세계이고, 로빈슨 크루소가 거주하는 "섬"(「로빈슨 크루소에게」)이며, "내 안의 굴곡을 벗어나 안나푸르나에 가고 싶"(「안녕, 안나푸르나 혹은 안티푸라민」)은 욕망이 눈가에 가득한 "안티푸라민"의 상처로 내려앉는 몰락의 세계다. 이러한 두 세계 간의 결락은 「쌍둥이자리」에서 "낯선 말로 생각"하고 "다른 말로 인사를 건네고 노래를 부르"는 '여기'와 익숙한 목소리로 "엄마가 이름을 부"르는 '먼 곳'의 대조에서도 확인된다. 시간의 결락을 공간의 차이로 변주하는 이 시에서 "오늘은 누군가 낯선 목소리로 내 이름을 부르는 날"은 "완벽하게 포갤 수 없는/ 손바닥"(「손뼉을 치는 동안」)처럼 공허의 시간으로 채워진다.

3

두 번째 문으로 들어서면 '나'와 '당신'의 이인극(二人劇)
이 상연된다. 한세정의 시에서 이 드라마는 '너(당신)'라
는 지시 대상과의 관계에서 시작되어 점차 '우리', '연인'으
로 진화한다. 그녀의 시에는 '나'라는 일인칭 주어만큼이나
'당신'과 '우리'라는 단어가 자주 등장한다. '나'와 분리될
수 없는, 그러나 '나'의 분신은 아닌 '당신', 이 타자인 '당
신'과의 관계. 그녀에게 '시'는 '당신'을 향한 발화, '우리'라
는 이름의 이웃 관계 안에서 비로소 의미를 지니는 내밀한
발화처럼 보인다. 이렇게 이야기하면 누군가는 시에 등장
하는 '당신'의 정체가 무엇보다 궁금할 것이다. 또 누군가
는 '우리'라는 일인칭 복수형에 시선을 빼앗겨 그것을 '연
인'의 이명(異名)으로 해석하려 할 것이다. 그러나 한세정
의 시에서 '나'와 '당신', '우리'의 관계는 사랑의 포즈를 취
하고 있으나 사랑 이야기가 아니고, 연인의 언어를 모방하
고 있으나 연인 이야기가 아니다. '당신'을 둘러싼 이 비의
(秘義)는 그녀 특유의 발화법(세계)을 이해하기 전까지 드러
나지 않는다. 우선 그녀의 시에서 '당신'은 가족, 연인, 사
물, 세계, 그리고 시(詩)에 이르는 모든 것의 이름이라고 가
능성을 열어 두자. '당신', 즉 '나'와 더불어 '우리'라는 이
름을 구성하는 상대는 비행기를 타고 그림 같은 풍경 속
으로 날아가 "파란 눈의 형부"와 결혼한 '언니'(「혈육의 궤

도」)일 수도 있고, 지금 ─ 이곳에 부재하는 "결별한 이름"
(「입술의 문자」)일 수도 있다. 아니, "나와 당신이 만드는 한
순간의 실루엣"(「0시의 크로키」)과 "몇 장의 크로키"로 호
명되는 문장(文章) 또한 '당신'이다. 중요한 것은 그 모든 것
들이 '우리', 즉 '나'와 '당신'의 관계에서 비롯되며, 그럼에
도 '우리' 사이에는 항상 좁혀지지 않는 거리가 존재한다는
사실이다. 한세정의 시에서 '나'와 '당신', 그러니까 '우리'는
이미 ─ 항상 분리되어 있는 공동(空洞)의 존재들이다. 가령
「직선의 세계」에서 '우리'는 "등진 채 서로 다른 끝을 향"
해 달리고, 「미로의 방식」에선 "너의 눈이 닿는 가장 먼 곳
에/ 내 눈동자의 자리가 생"기며, 「밴 디먼의 땅」에서 '우
리'는 "서로의 이름을 잊어버리고/ 멀어지는 뒤통수를 향
해 손을 흔든다." 이러한 시적 상황은 우리로 하여금 종종
'당신'을 구체적인 인물로 상상하도록 만든다.

　　여긴 낯선 말로 생각하는 곳이야 사람들은 다른 말로 인
　사를 건네고 노래를 부르지 입술의 악보를 따라 구름이 흐르
　고 떠나는 버스를 향해 아이들은 손을 흔들지 그런 날엔 내
　입술은 토끼처럼 씰룩거릴 테지만

　　한때 우린 같은 투망에 걸린 물고기였던 걸까 숨을 쉴 때
　마다 비늘의 무늬를 나누어 갖네 빈 젖을 쏠어내리며 멀리서
　엄마가 이름을 부를 때 다른 거리에서도 우리 얼굴은 닮아

기지 손비대의 규들은 아무것도 나누지 못한 거야

거리를 지나가는 장례 행렬이 보여 침묵이 이끄는 오 분
간의 이동, 행인은 걸음을 멈추고 성호경을 긋지 세상의 어
떤 필체는 다시 쓰이지 않겠지 내가 보낸 엽서가 대륙의 반
대편에서 되돌아올 때 우리 입술은 다른 연인의 입술에 포
개어지고 세상은 잠시 기울어지지 안녕, 오늘은 누군가 낯선
목소리로 내 이름을 부르는 날이야

——「쌍둥이자리」

화자는 지금 "낯선 말로 생각하는 곳", 즉 이국(異國)에
있다. 사람들은 "다른 말로 인사를 건네고 노래를 부르"고,
아이들은 지나가는 버스를 향해 손을 흔든다. 화자는 그
곳에서 한때 "같은 투망에 걸린 물고기"였을지도 모를 미
지의 '당신'에게 말을 건네려 한다. 이 시에서 '당신'은 지
구 반대편에서 '나'의 '엽서'를 받아야 할 수취인으로 제시
된다. 쌍둥이, 그리고 엄마가 이름을 부를 때 서로 다른 거
리에 있어도 닮아 가는 얼굴 등을 고려하면 '당신'은 '혈
육의 궤도'에 포함되는 누군가이리라. 그런데 정말 이 시에
서 '당신'은 혈족의 일원일까? 이 물음에 답하기 위해 우
선 '당신'을 향한 '나'의 발화 — 엽서가 지구를 한 바퀴 돌
아 제자리로 되돌아오는 상황에 주목해 보자. 시인은 자신
의 발화 — 엽서가 수취인불명 상태로 되돌아왔다고 말한

다. 하지만 실상은 이 시 자체가 발화— 엽서의 형식을 취하고 있다. 그러므로 배달되지 못한 엽서의 수취인은 사실 '당신'이 아니라 '나'이다. 그렇다면 '나'와 '당신' 사이의 거리는 '나'와 '나', 아니 구체적으로는 일상인으로서의 '나'와 시를 쓰는 '나', '나'와 '나의 문자' 사이의 거리라고 읽어도 좋지 않을까. 이 거리를 둘러싸는 맥락들 — 장례 행렬과 다시 쓰이지 않는 필체 — 은 '나'와 '문자' 사이의 거리를 회복 불가능한 상태로 극대화한다. 추측컨대 이러한 거리의 확정성에 부가되는 이미지들, 즉 다른 연인의 입술에 포개지는 우리의 입술과, 잠시 기울어지는 세상, 그리고 내 이름을 부르는 낯선 목소리는 불가역적인 거리를 환기하는 잉여적 이미지들이다. 그리고 이 이미지들이 환기하는 거리란 사실 일상과 시, 시인과 문자 사이의 거리에 대한 반성적 시선을 포함한다. 이런 맥락에서 우리는 "등진 채 서로 다른 끝을 향"(「직선의 세계」)해 달리는 '우리'를 시인과 그녀가 마주하는 문자(시)와의 관계로 읽을 수 있고, "너의 눈이 닿는 가장 먼 곳에/ 내 눈동자의 자리가 생"(「미로의 방식」)기는 이해할 수 없는 논리를 시작(詩作)에 관한 메타 진술로 읽을 수 있으며, '우리'가 "서로의 이름을 잊어버리고/ 멀어지는 뒤통수를 향해 손을 흔"(「밴 디먼의 땅」)드는 장면을 시작(詩作) 과정 자체로 읽을 수도 있다.

어쩌면 우리는 지구 반대편에서 서로의 흉곽을 읽어 내는

기로수있는지도 모른다

궤도를 벗어난 행성이 지구 바깥으로 사라지는 순간
내 손 안에 장전된 탄환이 당신의 권총에서 발사되고
태양은 당신의 머리 위에서 명멸할 것이다
그때 내 눈에는
난간에 서 있는 눈먼 자의 눈동자가 스칠지도 모른다

당신의 그림자를 관통하지 못하는 지구 반대편 태양 아래서
당신은 서서히 당신의 손그늘 속으로 사라지고

나는 여기에서, 바닥과 밀착되어 가는 고양이의 호박색 눈동자를 들여다보는 것이다

그리하여 다른 위도와 경도에서 우리가 던진 부메랑이 되돌아오는 시간
태양은 다른 각도로 부메랑의 날을 재단할 것이다
　　　　　　　　　　　　　　　—「그리하여 당신과 나는」

한세정의 시에서 '나'와 '당신'은 우리가 흔히 상상하는 '사랑'이나 '연인' 관계가 아니다. 이는 시집의 첫 페이지에서부터 분명하게 드러난다. 사실 「장미의 진화」는 '장미'나 '진화'와 아무 관련이 없다. "꽃잎 속에 꽃잎이 쌓이며/ 최

98

초의 꽃이 완성되듯이"라는 구절은 하나의 비유에 불과하다. 그것은 '장미'라는 '꽃'의 속성을 빌려 연인들의 관계를 '연인'과 '적'의 양가성으로 설명하려는 진부한 메타포가 아니다. 만일 그것이 하나의 메타포라면 그것은 지고한 사랑의 이야기가 아니라 애증이 얽힌 '나'와 '당신'의 관계에 대한 비유로 읽어야 한다. 그렇다면 여기에서 '우리'를 구성하는 '나'와 '당신'은 누구/무엇인가? 그것은 "우리로부터 진화하기 위하여/ 우리는 부둥켜안고"라는 진술과 "최초의 연인", "최초의 적"이 암시하듯이 '시인'과 '시'의 관계다. 한세정은 이 시집을 통해서 한 편의 시가 행위 주체로서의 '시인'과 발화 주체로서의 '시'가 결합하여 '진화'하는 과정에서 생산되며, 그 관계는 조화와 반목을 반복하는 애증 관계라고 말하는 것이다. '당신'이라고 쓰고 '시'라고 읽는 것, 이것이 한세정 시인이 부여한 '당신'이라는 단어의 새로운 용법이다. 그런 까닭에 시는 '당신'이라는 타자만으로도, 또한 '나'라는 행위 주체만으로도 쓰이지 않는다. 그것들은 커플, 즉 '관계'의 산물이다. 문제는 이 관계가 일방적이지도, 조화롭지도 않다는 데 있다. 한세정의 시에서 '우리'는 사이가 좋지 않은 커플이다. "찰싹찰싹 따귀를 때리며/ 우리는 서로의 얼굴을 지운다/ 그때마다 꽃이 지고/ 열매가 맺히고/ 낙과처럼 얼굴이 문드러지겠지만"(「열매의 탄생」)이라는 진술은 "최초의 꽃이 완성되"(「장미의 진화」)는 과정의 변주곡에 불과하다.

'시인'과 '시'의 이러한 불편한 동거가 공간적으로 비유될 때 '우리'는 "지구 반대편에서 서로의 흉곽을 읽어 내는 가로수"라는 표현이 가능해진다. 이 진술에서 중요한 것은 거리, 즉 '나'와 '당신'이 멀리 떨어져 있다는 것이다. 이 외따로 존재하는 각각이 한 편의 시를 완성하는 과정이 "내 손 안에 장전된 탄환이 당신의 권총에서 발사"된다는 것의 진짜 의미다. 태양이 "당신의 머리 위에서 명멸할" 때 "내 눈에는/ 난간에 서 있는 눈먼 자의 눈동자가 스칠지도 모른다"라는 진술 역시 동일한 의미다. '나'의 '탄환'이 '당신'의 '권총'에서 발사되는 사건은 '우리'가 "다른 위도와 경도에서" 던진 부메랑이 한 편의 시(詩)가 되어 되돌아오는 이치와 같다. 바로 이러한 '시(詩)'에 대한 인식 태도에서

입술의 주름으로
결별한 이름을 기록하는 시간

산발한 걸인이 되어
우리는 머리칼이 끌고 가는 바람의 문자를 해독했던 것이다

살갗과 살갗이 스쳐 만든 인장(印章)은 문자가 없는 페이지에서 더욱 선명해지고

마침내 바닥에 목을 누인

기린의 긴 혀처럼
우리는 서로의 경전을 천천히 쓸어내렸던 것이다

두드려도 깨지지 않는 수면에 얼굴을 묻고
입술이 뿔나팔이 될 때까지
머나먼 이름을 향해 입술을 움직일 때

물살을 문 입가에 되돌아와 겹쳐지는
입술의 무늬

우리는 각자의 입술을 만지며 붉게 물들었던 것이다
———「입술의 문자」

　라는 아름다운 언어가 탄생한다. 한세정의 시에는 '나', '당신', '우리' 같은 인칭대명사만큼이나 많은 발사 — 관통의 이미지들이 등장한다. 실로 그녀는 탁월한 이미지스트의 능력을 갖추고 있다. 그녀의 등단작들에는 "나의 윤곽은 구름을 관통한다…… 그러므로 나는 오직 흔적으로만 기억되는 자"(「태양의 과녁」), "내 손 안의 권총은/ 몸 밖으로 열린 두 개의 귀를 관통할 것이다"(「내 손 안의 권총」), "내 손 안에 장전된 탄환이 당신의 권총에서 발사되고/ 태양은 당신의 머리 위에서 명멸할 것이다"(「그리하여 당신과 나는」)처럼 '(권)총', '관통', '흔적', '발사' 등 유사한 이미지들이 상당수 등장한다. 그리고 그 이미지들은 시집의 1부에 실린 시편들에서도 "우리는 부둥켜안고/ 심장을 향해 탄환을"(「장미의 진화」), "한입의 사과는 나를 관통하는 힘"(「한입의 사과」), "몸 밖의 호흡이 우리를 관통한다"(「우리는 소리의 흔적이거나 철로에 묶인 쇠사슬이다」), "나는 터널의 시간을/ 관통하고 있다"(「질주의 탄생」), "안에서 밖으로 질주하려는/ 다 자란 손가락들"(「덩굴의 구조」), "나는 단한 번의 밀착으로 발화되는 자"(「뜨거운 추상」), "당신과 나의 관자놀이를 겨눈 방아쇠"(「피카소의 연인들」)처럼 유사한 방식으로 변주되고 있다. 한세정의 시에서 '총알'이 '관통'하는 이미지는 일차적으로 '시(詩)'가 '당신'이라는 이름의 타자가 다녀간 흔적으로 존재함을 의미한다. "그러므로 나는 오직 흔적으로만 기억되는 자"(「태양의 과녁」)가 뜻하는 바는 이것이다. 그리고 "흔적으로만 기억되는 자"는 또한 흔적을 기억하는 자이기도 하다. "나는 눈 감은 채/ 당신을 목도하는 눈먼 자의 지문이다"(「뜨거운 추상」). 우리는 이미 한세정 시에서 '나'와 '당신'이 사이가 나쁜 연인의 관계를 닮았다고 말했다. 결코 하나(一者)가 될 수 없는, 그렇다고 온전히 별개로 존재하는 두 개도 아닌, 빗금(/)으로 가로막힌 이 관계는 시작(詩作) 과정에서 서로에게 자신의 '흔적'을 새긴다.

그렇다면 '관통'이나 '흔적'이라는 이미지 — 발상은 '입술'과 어떤 관계인가? 이 물음에 대답하기 위해서 「입술의 문자」로 돌아가 보자. 우선, '입술의 문자'는 "입술의 주름으로/ 결별한 이름을 기록하는 시간"이라는 진술이 암시하듯이 '부재(하는 대상)'를 기록하는 장치다. 그것은 글쓰기(ecriture)를 통해 어떤 대상을 고정하는 고정 장치로서의 언어가 아니라 현존하지 않는 대상의 흔적을 새기는 흔적 장치로서의 언어다. 때문에 이 시에서 '우리'는 "입술의 주름"으로 현존하지 않는 대상의 이름('흔적')을 기록하거나 현존하는 것이 불가능한 "바람의 문자를 해독"할 수밖에 없다. 이 시에서 "살갗과 살갗이 스쳐 만든 인장(印章)"이 "문자가 없는 페이지에서 더욱 선명해"진다는 것은 흔적 장치로서의 언어가 고정 장치로서의 언어보다 중요하다는 것을 뜻한다. 한세정에게 시는 '흔적'을 기록하는 행위다. '당신'은 '흔적'을 새기는 존재고, '나'는 '흔적'을 기록하는 존재다. 물론 이러한 '흔적'의 존재를 긍정하는 한, '나'와 '당신' 사이의 간극은 결코 좁혀질 수 없다. 다만 '우리'는 "사라져 가는 윤곽"(「돌의 가족」)만을 들을 수 있을 뿐이다. 시인과 시/언어 사이의 간극, 그것은 "등뼈를 쓸어내리던 눈동자만이/ 온기를 기억할 것이다"(「돌의 가족」)라는 진술처럼 시인을 시지푸스의 천형으로 인도한다. 그는 다만 "당신을 움켜쥘 수 있는/ 긴 팔이 내게도 있었더라면"(「흰얼굴꼬리원숭이」) 하고 자신의 운명을 한탄하며 그 간극이 사라지는 순간만을 기다릴 뿐이다.

4

우리는 한세정 시의 진화에 대해 이야기한 적이 있다. '진화'가 계통의 다양화와 복잡화를 의미한다면, '흔적'의 모티프를 담고 있는 한세정의 시편들은 분명 진화하고 있다. 이 진화가 두 번째와 세 번째 문을 통해 드러나는 세계들의 차이고, 또한 두 세계가 지닌 유사성의 근거다. 앞에서 우리는 한세정의 시가 '당신'이라는 이름의 '시/언어'가 '나'를 관통한 '흔적'을 '입술의 문자'로 기록하는 것이라고 말했다. 이 경우 '관통'과 '흔적'은 대개 '나'와 '당신', '시인'과 '시'의 관계에 한정된 것이었다. 그러나 시인은 미묘한 진화의 과정을 통해서 이 관계를 '나'와 모든 '나 아닌 것'의 관계로, '나'와 '타자'의 관계로 확장시키고 있으며, 그리하여 어떤 장면들에선 '나 — 신체'와 '타자 — 세계'라는 새로운 감각의 도식을 등장시킨다. 가령 다음과 같은 시가 그렇다.

뢴트겐 씨가 나를 들여다본다 수직의 빛에 대해 나는 함구한다 몸을 횡단하는 빛 혹은 목울대에 울컥이는 한입의 사과, 한입의 사과는 나를 관통하는 힘, 나는 몸 밖으로 빗살을 뻗는다 내 흉곽엔 낯선 가지들이 즐비하다

좀 더 긴 울음을 준비해야 할 것이다 명징한 아침은 쉽게

오지 않는다 목울대의 사과는 내 것이 아니므로 더 깊숙이 감추기를, 이탈하지 못하도록 입술을 봉인하기를, 사과로서 사과는 온전히 사과이기 위해 몇 개의 입술과 만나 문드러지고 우리는 어떤 표정으로 붉어질 것인가

　　두 팔을 벌리고 나무의 자세를 익힌다 흉곽에서 등뼈까지 대답은 준비되지 않는다 한입의 사과만이 내벽(內壁)의 울대를 기억할 뿐

　　　　　　　　　　　　　　　　　―「한입의 사과」

　　화자는 지금 "두 팔을 벌리고 나무의 자세"로 엑스레이 촬영("몸을 횡단하는 빛") 중이다. 여기에서 '횡단'과 '관통'의 이미지는 '나'와 '당신', '시인'과 '시/언어'의 관계를 넘어 '나'와 '빛', '나'와 '한입의 사과'로 진화했다. 물론 엑스레이 촬영의 결과물 역시 "낯선 가지"의 흔적이라고 해석할 수 있으나, 이 시를 '시인'과 '시/언어'의 관계로 환원해야 할 이유는 없는 듯하다. 이제 '나'는 외부의 세계가 '관통'하여 지나가는 '흔적'의 양피지가 되고, '당신'은 '나'에게 자신의 '흔적'을 남기고 지나가는 '모든 것'이 된다. 이 '모든 것'을 '시적인 것'이라고 불러도 좋겠다. 추측컨대 이 시에서 "목울대에 울컥이는 한입의 사과"란 갑상선이나 식도염 같은 증상의 일부일 것이다. 그것은 '나'의 신체의 일부/내부이지만 결코 '내 것'이 아니다. 데리다는 '내부적인 것'이면서

'내부'는 아닌 이것을 '타자'라고 명명했다. 타자, 그것은 급하게 먹다 목에 걸린 음식물처럼 내 신체의 내부에 존재하지만 내가 '소유(내부화)'할 수 없는 것이다. 그러니 시인이 그것에 대해 취할 수 있는 행동은 그것을 더 깊숙이 감추거나, 그것이 "이탈하지 못하도록 입술을 봉인"하는 것뿐이다. 시인은 자신의 의지와 무관하게 '도래/침입'하는 '흔적/시적인 것'을 임시로 봉인하는 존재다. 우리는 이것을 타자의 시학이라고 부른다. 이 타자의 '도래/침입'에 '대답'하는 것은 불가능하다. '나'와 '타자'의 관계는 묻고 대답할 수 있는 수평적인 관계가 아니기 때문이다. 시인은 다만 그것에 반응하거나 아주 잠깐 그것을 붙들어 둘 수 있을 뿐이다. 그것이 바로 타자의 시학이 말하는 '시(詩)'다. 그렇다면 '한 입의 사과'는 '나(의 신체)'를 관통하는 총탄인 셈이다.

이처럼 '대상 — 타자'와의 감각적 접촉을 관통 — 흔적의 언어로 표현하는 '진화'의 증거들은 많다. 가령 기차 소리를 듣는 장면을 "붉게 물든 모든 것은 귓바퀴 속으로 돌진한다"(「우리는 소리의 흔적이거나 철로에 묶인 쇠사슬이다」)라고 말할 때, 숨을 고를 때의 느낌을 "몸 밖의 호흡이 우리를 관통한다"(「우리는 소리의 흔적이거나 철로에 묶인 쇠사슬이다」)라고 표현할 때가 그러하고, 꽃이 지는 풍경을 "당신과 나의 관자놀이를 겨눈 방아쇠"(「피카소의 연인들」)에 비유할 때가 그렇다. 그리고 이러한 '진화'와 더불어 '대상 — 타자'와의 접촉은, 그리하여 '입술의 문자'에 의해 기

록되는 시적 발화는, 내부에서 발사/질주하는 정념의 발산
으로 진술된다. 가령 "짐승의 유연한 꼬리"를 보면서 그것
을 "나를 향한 나의 손가락"이거나 "안에서 밖으로 질주하
려는/ 다 자란 손가락들"(「덩굴의 구조」)이라고 표현할 때,
구름의 그림자가 시야를 가릴 때의 정동(affect)을 "내 몸에
서 융기하는 산맥이 지평선 밖으로 윤곽을 뻗는다"(「태양
의 과녁」)라고 표현할 때, 가로수 가지들이 태양을 향해 뻗
은 풍경을 "최초의 심장 앞으로/ 좌표 밖의 길들이 놓인
다"(「태양의 연인들」)라고 말할 때 등이 그렇다. 그렇다면 이
제 우리는 한세정 시가 '나'와 '당신', '나'와 '타자―세계'
의 관계를 하나가 다른 하나를 관통하고, 정동(affect)의 흐
름을 외부로 방출하는, 그러나 오직 그 '흔적'은 '입술의 문
자'로만 기록될 수 있다는 감각의 산물이라고 말해도 좋을
듯하다. 하지만 '관통'과 '발산'은 대립되는 것이 아니다. 후
자는 전자의 촉발하는 힘에 대한 반응의 일종이다.

눈동자를 멈추는 것
부드러운 혀를 잠시 접는 것
눈꺼풀을 닫고
나락이 될 때까지
무너지는 것
하여,
당신의 행간(行間)에 놓인

입술 없는 돌이 될 것

> 손끝에서 허물어지는 모래산들,
> 먼눈으로 모래의 서체를 헤아린다
>
> ──「묵정(墨釘)」

어떤 장면들에서 한세정의 시편들은 이 '반응'을 "입술 없는 돌"(「묵정(墨釘)」)의 침묵에 근접시킨다. 시집의 첫 페이지인 「장미의 진화」에서 '나'와 '당신'이 '연인'이면서 '적'인 모순 관계로 그려진 데 반해 마지막 시 「묵정」에서 '나'와 '당신'의 관계는 '나'가 주체성을 포기하고 "모래의 서체"를 헤아리는 순응의 태도로 바뀌었다. '나'는 '눈'을 감고, '혀'를 접고, '나락'에 도달할 때까지 무너지기로 결심한다. 이것은 '나'를 향해 날아드는 '당신'에게, '타자'에게 완전히 '나'를 내맡기는 적극적인 수동성이다. 모리스 블랑쇼라면 이 수동성에 '죽음'이라는 이름을 부여했을 것이다. 그러므로 이 시집은 '입술의 문자'에서 시작하여 '입술 없는 돌'로 끝난다고 말할 수도 있겠다. 비록 이 시집에 포함되지는 않았지만 「블랙홀」이라는 짧은 시에서 시인은 이러한 태도의 변화를 가장 분명하게 보여 준다. "내가 당신을 느끼는 방법은/ 두 눈을 감고 혀를 닫는 것/ 감은 눈동자에 스미는/ 당신의 열도를 가늠하는 것/ 그리하여 마침내/ 젖어 가는 것을 두려워하지 않고/ 당신을 향해 전진하는 것"(「블랙홀」). 젖는 것을 두려워하지 않고 '당신'을 향해 '전진'한다는 것, 그것은 '나'의 죽음/상실을 받아들이겠다는 것, 설령 그것이 거대한 허무로 끝난다 할지라도 자신을 개방하겠다는 의지 아닌 의지의 표현이다. '타자'의 도래에 온전히 자신을 내맡기기 위해 시인은 의지의 영도(零度) 상태에 이르려 한다. 그러므로 이제 더 이상 "당신을 움켜쥘 수 있는/ 긴 팔이 내게도 있었더라면"(「흰얼굴꼬리원숭이」) 같은 아쉬움이 표현되지는 않을 것이다. '나'와 '당신' 사이의 거리를 없애려는, 그리하여 '당신'을 붙잡으려는 공허한 욕심을 버리고 묵묵히 '당신'을 받아들이겠다는, 만일 그것이 '나'라는 존재를 부정하는 것이라 해도 묵묵히 '흔적'을 기록하는 존재로 남겠다는 것. 이 '흔적'의 기록은 '모래의 서체'로 쓰여질 것이다. '당신'은 모래에 '흔적'을 새기는 '바람', '나'는 '당신'의 '흔적'이 기입되는 '모래'. '당신'은 '흔적'을 새기는 '총탄'의 이름, '나'는 '흔적'을 기록하는 '입술'의 이름.

한세정

1978년 서울에서 태어났다.
명지전문대 문창과와 홍익대 국문과를 졸업하고
고려대 국문과 대학원에서 박사과정을 수료했다.
2008년《현대문학》에 「태양의 과녁」 외 4편의 시를 발표하며 등단했다.

입술의 문자

1판 1쇄 찍음 · 2013년 5월 7일
1판 1쇄 펴냄 · 2013년 5월 14일

지은이 · 한세정
발행인 · 박근섭, 박상준
편집인 · 장은수
펴낸곳 · (주)민음사

출판 등록 1966. 5. 19. 제16-490호
서울시 강남구 신사동 506번지 강남출판문화센터 5층 (우)135-887
대표전화 515-2000 / 팩시밀리 515-2007
www.minumsa.com

ISBN 978-89-374-0813-7 04810
ISBN 978-89-374-0802-1 (세트)

※이 책은 2011년도 대산창작기금을 받았습니다.